Heureux qui communique

Jacques Salomé

Heureux qui communique

Pour oser se dire
et être entendu

Illustrations de Françoise Malnuit

Albin Michel

22, rue Huyghens, 75014 PARIS
ISBN 2-226-06746-9

INTRODUCTION

État d'urgence !

Il devient de plus en plus urgent d'apprendre à communiquer au quotidien de la vie.

Ce que j'appelle la communication intime au jour le jour circule telle une sève fertile à travers les multiples réseaux des relations amoureuses, ou de couple, parentales ou filiales, amicales et professionnelles ou encore sociales proches.

Bien souvent, ces circuits sont entravés par des blocages, appauvris par d'impressionnantes déperditions d'énergie et une dévitalisation contagieuse, tout en étant surchargés ou encombrés par des peurs, des souffrances et une détresse profonde.

Détresse masquée par une fuite dans le « faire » et les compensations professionnelles ou encore dans les engagements politiques, les luttes syndicales, le dévouement associatif... et parfois même dans le repli sur un individualisme rétréci et amer.

Détresse cachée derrière le culte du paraître, la pratique intensive de sports « défoulatoires », le besoin effréné de loisirs toujours plus codifiés, toujours plus organisés ou de voyages toujours plus lointains ou inaccessibles...

Détresse domptée par le contrôle mental, les élucubrations intellectuelles ou les grandes théories sur le bien-vivre.

Détresse comblée par la surenchère de l'avoir, le rêve du pactole offert en « grattant » des illusions.

Détresse qui tente de se protéger avec des assurances multirisques en tout genre, une surconsommation de gadgets électroniques, informatiques ou télévisuels... et la dévoration « sans faim » de médicaments ou de produits miracles.

Mais, la plupart du temps, il ne reste plus à cette détresse pour se dire ou se crier, que la mise en maux, les somatisations, les passages à l'acte somatique, les accidents, les violences et les maltraitances diverses.

Chacun, de sa place, quelle que soit sa position sociale, quels que soient ses choix de vie, ses attachements, ses valeurs ou ses fidélités, finit par découvrir un jour avec plus ou moins de brutalité, de stupeur, de résistances, de lucidité ou d'ouverture *qu'il est un infirme relationnel, un inadapté dans le partage intime, un handicapé de la communication proche.*

MOI, JE PRÉFÈRE LES MAUX, CELA M'ÉVITE DE DIRE CE QUE JE PENSE RÉELLEMENT...
AH ! SI J'AVAIS LES MOTS POUR DIRE CE QUI NE VA PAS ... JE N'AURAIS PAS BESOIN DE MAUX !
Entre les mots et les maux, je ne peux pas choisir. J'aime bien quand je suis malade ...

SALOMÉ, IL DIT :
ENTRE CREVER ET CRÉER
IL N'Y A QU'UNE SEULE LETTRE
DE DIFFÉRENCE !
ALORS, J'AI PAS D'AUTRES
CHOIX QUE D'ÊTRE INFANTILISÉE
OU CRÉATIVE...
MOI, ENTRE
CREVER ET CRÉER,
JE PRÉFÈRE RÊVER...
M.

Bien sûr, au niveau des aspirations, des intentions, des attentes et des demandes, la grande majorité des adultes comme des enfants recherche et désire accéder à une communication plus pleine, à des échanges plus vivants, à des relations plus créatrices.

Pourtant au niveau de la réalité des faits et de la pratique, sur le terrain de la communication familiale, scolaire et sociale, l'incommunicabilité règne et perdure envers et contre tout.

C'est ainsi que les frustrations et les insatisfactions prennent le pas sur la convivialité. Les non-dits circulent et alimentent les malentendus, dans le silence des frustrations. Le réactionnel l'emporte sur le relationnel, l'incompréhension et l'intolérance sur l'harmonie.

Dans les échanges parents-enfants l'asymétrie s'installe, deux univers cohabitent sans pouvoir se rejoindre.

Dans les échanges sociaux, les hiérarchies se renforcent, les contraintes et les rapports de forces s'intensifient dans des systèmes relationnels qui se bureaucratisent, se rigidifient, perdent de leur souplesse et de cette mobilité qui sont nécessaires à la vie vivante.

Les dynamiques d'opposition ouvertes ou larvées, de pseudo-acceptation et de soumission prédominent là où devraient s'épanouir des rencontres ouvertes et stimulantes, porteuses d'épanouissement et de changement.

La famille est en crise. Elle a changé dans sa composition, dans son fonctionnement, dans ses finalités. Les mariages sont à la baisse depuis vingt ans. Deux couples sur quatre se séparent aujourd'hui dans la souffrance, le désarroi et parfois la violence.

Les enfants sont les enjeux de ces conflits d'adultes qui n'ont pas su prendre en compte l'évolution de leur relation et se proposer des échanges basés sur l'écoute, la confirmation ou la simple réciprocité.

Adultes d'aujourd'hui en difficulté, en interrogation ou en recherche certes, mais qui différencient trop maladroitement encore dans leur rôle de parent, celui d'homme-femme, d'époux-épouse.

« Ce n'est pas parce que nous ne vivons plus ensemble que nous ne restons pas les parents des "enfants que nous avons eus ensemble". »

Les enquêtes montrent que ce n'est pas de la séparation dont les enfants souffrent le plus mais de la mésentente et des conflits qui subsistent après un divorce.

L'école est en crise avec ses réussites et avec ses échecs. Une progression massive des comportements violents entre élèves et professeurs, l'apparition inquiétante de formes diverses de conduites à risque chez les adolescents, de la délinquance à l'autodestruction par la toxicomanie, le suicide, l'exclusion sociale ou la marginalisation.

La médecine est également en crise avec une augmentation galopante du recours aux tranquillisants, une progression des consultations en médecine de ville, l'hypertechnicité et la multiplication des examens inutiles qui ne révèlent rien que... la « sous-formation relationnelle » et l'insuffisance de l'écoute des praticiens, eux-mêmes trop isolés face à leur angoisse et à leur besoin d'être rassurés, ce qui se traduit par une augmentation des prescriptions interventionnistes et médicamenteuses.

Le besoin vital d'un malade est d'être entendu, de se relier au sens de sa maladie, de découvrir ses ressources pour affronter souffrance et dépendance physique.

Dans la mouvance de cette fin de siècle, le monde de l'éducation et de la rééducation est en crise. Les institutions fondées sur des valeurs traditionnelles vacillent. Les pratiques dérivées de conceptions classiques révèlent leurs failles et sont de moins en moins opérationnelles.

Démission progressive des parents, saturation des enseignants, impuissance des soignants.

Crainte de l'échange, peur de la rencontre, fuite de la relation...

Renforcement de l'autoritarisme et des sanctions, repli sur le pédagogique et les rééducations « ponctuelles », protection derrière l'écran des programmes, du langage technique, des classifications et de l'étiquetage, multiplication des prescriptions... d'aide.

Autant de fausses réponses, autant de facteurs majorants qui contribuent à renforcer l'incompréhension, tout en creusant encore l'énorme fossé entre le monde des adultes et celui des enfants.

Il devient urgent d'inventer une « écologie relationnelle » pour réhabiliter la pratique de communications vivantes et développer des relations en santé.

C'est à l'intérieur de notre zone d'influence immédiate – couple, famille, école, quartier – que l'évolution commence au quotidien de la vie. L'influence de chacun peut se prolonger au-delà des nationalismes jusqu'à une échelle planétaire, humaniste.

Au-delà d'une communication de consommation, retrouver une communication relationnelle.

ALORS ? COMMENT ÇA S'EST PASSÉ ? TU AS BIEN RÉCITÉ TA FABLE ? COMBIEN AS-TU FAIT DE FAUTES À LA DICTÉE ? TU N'AS PAS ÉTÉ PUNI ?
maman ! tu sais, je passe déjà 7h par jour à l'école à répondre à des questions ...

« Heureux celui qui communique »

L'apprentissage de la rencontre avec les possibles et les miracles de la vie, tout comme celui de la liberté d'être, sont fondés sur les compétences que chacun d'entre nous est susceptible de mettre en œuvre pour établir une meilleure qualité de communication avec lui-même et avec autrui.

Développer cette capacité d'instaurer des communications vivantes et des relations en santé est pour moi une des conditions de base essentielle pour modifier ou améliorer les relations parents-enfants, adultes-enfants et parmi celles-ci les relations enseignants-enseignés, éducateurs-éduqués.

Enseignants et éducateurs vont avoir à vivre dans les prochaines années une mutation considérable.

Il est urgent qu'ils se préparent à en devenir les acteurs comme enseignants et éducateurs relationnels. Qu'ils acceptent de renoncer à être ceux qui savent pour l'autre et qu'ils apprennent ainsi à dépasser leur seul rôle de transmetteur de savoir et de savoir-faire, pour pouvoir favoriser un authentique savoir être et un véritable savoir devenir.

j'ai plein de questions et de doutes en moi
PEUT-ÊTRE QU'UN JOUR ON NOUS APPRENDRA À METTRE EN COMMUN DES SAVOIRS DIFFÉRENTS...
POUR MOI JE PRÉFÉRERAIS QU'IL N'Y AIT PLUS DE JUGEMENTS ... C'EST CE QUI ME BLESSE LE PLUS !
MOI, J'AIMERAIS SURTOUT QU'ON NOUS APPRENNE À SE DIRE PLUS LIBREMENT !
j'en sais des choses que je ne peux jamais dire
ma maîtresse m'a dit une fois "mais tu ne comprends jamais rien, tu as du fromage blanc dans la tête"

Communiquer signifie mettre en commun des signes verbaux, non verbaux et aussi infra- ou ultra-verbaux pour transmettre des messages impliquant une mise en relation à partir de ressemblances, de complémentarités, de différences ou d'antagonismes.

Apprendre la liberté et la responsabilité, c'est d'abord avoir suffisamment développé ces deux qualités en soi-même afin de pouvoir faire naître ou développer chez l'autre la capacité à définir des choix, à décider en gardant le respect des engagements pris et contribuer ainsi à agrandir ses potentialités pour devenir un agent de changement envers lui-même et pour autrui.

Élever un enfant, c'est lui permettre non seulement d'exister mais de se positionner comme sujet.

En lui reconnaissant cette aptitude à être un partenaire actif, compétent et non l'objet de nos désirs, de nos peurs ou de nos insatisfactions, nous lui donnons ainsi les moyens de se confronter à ses propres ressources et à ses propres limites.

L'apprentissage de la communication aura à s'inscrire dans une relation d'accompagnement confiante qui, au-delà des soins et de la simple transmission des connaissances, saura proposer des échanges, et des confrontations.

Une telle relation implique l'utilisation d'outils concrets et la mise en pratique de règles d'hygiène relationnelle accessibles à chacun.

S'engager dans une relation d'accompagnement signifie : être capable de proposer durée et sécurité, aide et soutien, rigueur et limites, et aussi des refus et des exigences.

Elle offrira à chacun des protagonistes, enfants et adultes, la possibilité de mieux se dire, de se faire entendre, et d'agrandir sa propre écoute dans les différents registres du partage, c'est-à-dire, dans quatre niveaux à ne pas confondre.

• *Celui des faits, de l'événement :* « que s'est-il passé ? »

• *Celui des mythologies* diverses, des idées, des références, des représentations issues de l'imaginaire de chacun, peuplées de ses croyances parfois complémentaires et parfois antagonistes.

• *Celui du ressenti,* c'est-à-dire des perceptions internes et des sentiments éprouvés par chacun : « J'ai parfois froid même si le thermostat est à 22°... c'est bien moi qui ressens cela... j'ai mon propre thermomètre intérieur. »

• *Celui du retentissement* et du sens, c'est-à-dire, de la charge émotionnelle réactivée à un moment donné, par l'impact du présent sur certaines zones de mon passé, certains événements sensibles de ma propre histoire.

IL Y A CE QUE JE FAIS: MONTER SUR UN MUR
IL Y A CE QUE JE RESSENS: PLAISIR, LIBERTÉ
IL Y A CE QUE JE PENSE: RECEVOIR DES ENCOURAGEMENTS POUR MON HABILETÉ !
IL Y A LE RETENTISSEMENT : J'AI UNE MÈRE ENVAHISSANTE QUI S'INQUIÈTE TOUJOURS...
IL Y A CE QUE JE SENS: PEUR QU'IL TOMBE !
IL Y A CE QUE JE PENSE: QUE TU DEVRAIS FAIRE TES DEVOIRS
IL Y A MON FAIT À MOI: JE SUIS SEULE À M'OCCUPER DE LUI... MON MARI = TRAVAIL + TÉLÉ
IL Y A LE RETENTISSEMENT: MA MÈRE ENVAHISSANTE CONTRÔLAIT TOUT CE QUE JE FAISAIS !
BREF ! ON N'EST JAMAIS SUR LA MÊME LONGUEUR D'ONDE SAUF... QU'ON A EU TOUS LES DEUX LE MÊME TYPE DE MÈRE

J'appelle **écologie relationnelle**, l'ensemble des actes, des attitudes, des comportements et des moyens d'expression mis en œuvre par une personne vivant dans un milieu donné afin d'établir des échanges significatifs dans lesquels elle puisse se sentir reconnue dans son unicité, acceptée dans son entièreté, entendue et confirmée vers le meilleur de ses possibles.

MOI, JE CROYAIS QUE C'ÉTAIT L'AUTRE QUI NE SAVAIT PAS
JE VOULAIS QU'IL CHANGE POUR MIEUX ME COMPRENDRE...
A MON ÂGE, APPRENDRE LA COMMUNICATION, C'EST PAS FACILE... J'AI PLEIN D'HABITUDES!
MOI, JE REFUSE TOUT NET! JUSQU'OÙ ON VA ALLER S'IL FAUT ÉCOUTER LES AUTRES!

L'écologie relationnelle tente ainsi d'apporter des réponses à ces principales interrogations.

• Comment puis-je alimenter, entretenir, vivifier mes relations significatives et vitales ?

• Comment puis-je stimuler chez l'autre une démarche semblable ?

• Comment puis-je protéger mes relations essentielles, les préserver de l'usure du temps, éviter de les maltraiter et même de les saboter ou de les détruire par des conduites anti-relationnelles ?

• Comment puis-je éviter les déperditions d'énergie et les dévitalisations dans mes échanges ?

Il faudrait mettre ici en cause :

• toutes les *fausses questions* « Je me demande si »,

• *les innombrables pourquoi* qui s'intéressent à l'explication et permettent d'échapper à la compréhension.

Aussi :

• *les empêcheurs de vivre* au présent les « si j'avais su... j'aurais dû... »,

• *les envahisseurs* (énergétivores et chronophages qui bouffent nos ressources et notre temps),

• et *les débordements du réactionnel...* qui nous entraînent à des fuites ou des agressions.

PAPA, QUAND TU APPELLES MAMAN ... "MAMAN" JE ME DEMANDE SI ELLE EST VRAIMENT TA FEMME ? J'AIMERAIS QUE TU ARRÊTES DE MÉLANGER LES RELATIONS !
FM.

OUI... IL EST POSSIBLE D'APPRENDRE À COMMUNIQUER GRÂCE À QUELQUES REPÈRES CONCRÈTEMENT IDENTIFIABLES

I. Création d'un espace de communication

PA'MAN
J'AIME PAS L'AMALGAME !
OK, J'AI ÉCHOUÉ AU BREVET,
MAIS J'AI TOUJOURS ENVIE
D'ALLER FAIRE DU CANOË
EN ARDÈCHE !

Il peut être matérialisé en définissant un cercle au sol (à l'aide d'une craie, d'une corde) ou par toute autre zone privilégiée choisie comme lieu de parole et d'échange à l'intérieur de laquelle tout pourra se dire, tout pourra être entendu... simplement pour être dit... simplement pour être entendu... ce qui ne veut pas dire être satisfait... ni être nécessairement comblé, à moins que... parfois... exceptionnellement, l'entendre puisse favoriser la réalisation d'une expression.

II. Proposition de quatre « outils »

1. Le positionnement personnalisé par l'usage du *je*

Je renonce à parler sur l'autre pour personnaliser un échange à partir d'un **JE** qui témoigne.

Oser se définir dans une relation, c'est accepter d'apposer son point de vue à côté de celui de l'autre. C'est énoncer sa différence sans l'imposer, ni se justifier, ni chercher à convaincre. C'est être capable de renoncer parfois à l'approbation de l'autre.

C'est commencer à devenir autonome parce que différencié.

2. L'écharpe relationnelle

Elle symbolise à la fois le lien et le canal (ou le conduit) à travers lequel passent les échanges.

3. Le bâton de parole

Simple objet, genre cuillère en bois, racine ou bois sculpté qui visualise la prise de parole.

Celui qui parle ne peut être interrompu.

Celui qui s'exprime ne peut parler sur le précédent.

Comme dans les rituels ou les jeux d'enfants, le bâton de parole peut introduire le possible d'une expression, et notamment matérialiser le passage de l'impression à l'expression.

« C'est plus facile de parler de moi et de me faire entendre quand je prends le bâton de parole. » (Joël, 10 ans.)

« Le bâton de parole me donne le droit de parler sans être interrompue. » (Jessica, 11 ans.)

4. Le recours à la visualisation

Pour concrétiser le contenu, les enjeux et la dynamique de l'échange, je peux symboliser par un objet, un dessin les éléments de mon discours.

J'identifie ce dont je parle ou ce dont l'autre me parle (l'objet de l'échange) et *je le représente, je le montre*. Ainsi, en le voyant et en le nommant, j'apprends à ne pas le confondre avec le sujet (celui qui parle).

De cette manière, je peux ainsi « représenter » :

- un sentiment, une émotion (colère, tristesse, joie, déception) ;
- une aspiration matérielle ou relationnelle, un besoin ou un désir (de vélo, de vacances, respect de mon rythme...) ;
- une personne réelle, vivante ou non, imaginaire (grand-père présent ou décédé, l'enfant que je n'ai jamais eu...) ;

IL APPELLE ÇA LA VISUALISATION, IL ME DIT QU'ON PEUT TOUT MONTRER AVEC ÇA : MES PEURS, MES DESIRS, MES COLÈRES, MA LENTEUR, MES VERRUES, TOUT !
C'EST POUR ÇA QU'IL Y A TANT DE DÉSORDRE DANS TA CHAMBRE ! TES PARENTS NE VOIENT QUE LA PAGAILLE. ILS NE SAVENT PAS QUE C'EST DU SYMBOLIQUE !

PAPA, J'AI BESOIN DE 100 F.
C'EST POUR UN BESOIN OU UN DÉSIR ?
C'EST POUR UN DÉSIR QUI S'EST TRANSFORMÉ EN BESOIN !

• mes croyances, mes idées « que je ne suis pas aimé, que ma sœur reçoit plus que moi... que les parents et les adultes devraient écouter plus souvent les enfants... »

Cette matérialisation possible du discours permet de ne pas confondre celui qui parle avec ce qu'il dit.

La visualisation n'a d'autres limites que celles que nous nous imposons ou que nous nous autorisons pour exprimer le difficile, la complexité ou la richesse d'une situation.

La visualisation repose sur une seule condition : avoir une créativité en éveil... qui permet de *se dire* avec le maximum d'atouts pour être entendu.

Car celui qui montre se différencie ainsi, mieux de ce qu'il dit.

III. Mise en pratique de quelques règles concrètes d'hygiène relationnelle...

1. Toute relation (symbolisée par une écharpe) *a deux extrémités*

JE NE PEUX PAS ME FAIRE TATOUER SUR LE FRONT TOUTES LES RÈGLES D'HYGIÈNE RELATIONNELLE QUAND MÊME !
ON POURRAIT LES AFFICHER DANS LA SALLE DE BAIN !
JE VAIS LES METTRE SUR MON ORDINATEUR... COMME ÇA ON LES AURA EN RÉSERVE !
MOI, JE PROPOSE D'EN RESPECTER UNE PAR SEMAINE !
ILS CROYAIENT QUE COMMUNIQUER C'EST ÊTRE TOUJOURS D'ACCORD ENSEMBLE
JE VEUX ÊTRE RESPECTÉ DANS MON RYTHME DE VIE
Parler à l'autre
mettez un peu plus de relation dans mon biberon

Je suis partie prenante de ce qui se passe à mon bout de la relation, c'est-à-dire :

- d'une part, de ce que je dis, je fais ou ressens.

  « J'ai l'intention de partir en vacances en stop avec un ami… »

- et d'autre part, de ce que je fais avec ce que je reçois venant de l'autre.

  « Je perçois bien ton inquiétude, je ne la partage pas. Je sens en moi suffisamment de ressources pour aller jusqu'en Norvège ! »

J'invite l'autre à se montrer responsable du sien. L'autre est bien responsable de ce qu'il entend dans ce que je dis et responsable de ce qu'il envoie.

En se rappelant que c'est celui qui reçoit le message qui lui donne un sens.

> « Je t'invite à faire quelque chose pour ton inquiétude… car j'ai besoin de ton accord, de ton soutien pour ce projet. »

2. Il m'appartient bien d'utiliser le *je* et d'inviter l'autre à parler de lui

- Je personnalise l'échange en parlant de moi et en invitant l'autre à parler de lui.

- Je ne parle plus sur l'autre (relation klaxon à base de tu, tu, tu…) mais à l'autre à partir de ce que j'éprouve, ressens, pense ou projette de faire.

- J'évite les généralisations hâtives, les « étiquetages » et les références normatives « Il faut que, tu devrais, c'est pas normal… » ou les comparaisons « moi à ton âge je… »

- Je témoigne de ce que je suis, j'invite l'autre à se situer de même, à parler de lui, à se positionner.

J'insiste pour ne pas être enfermé dans des **ON** ou des **NOUS**.

J'initie ou je crée des relations à base de **JE** en acceptant d'accueillir la parole de l'autre comme étant la sienne sans me l'approprier ou la rejeter.

3. J'utilise et je pratique la confirmation

Chacun d'entre nous a ce besoin fondamental d'être reconnu et entendu.

• « Reconnu et entendu tel que je me sens et non tel que tu voudrais que je sois » « Oui je suis cette femme-là... cette mère-là ».

« Reconnu et entendu dans ma différence, dans mon unicité sans être comparé à un modèle de référence. »

• « Je ne veux ni être confondu avec tes peurs, ni être toujours conforme à tes désirs, à tes besoins ou à tes attentes sur moi. »

• « J'accepte aussi que le ressenti de quelqu'un ne peut pas être nié. »

« Maman j'ai mal »... « Mais non ce n'est rien mon chéri » est un déni à partir duquel celui qui a mal ne se sent pas entendu.

Aucun **ressenti** intime exprimé par quiconque n'est contestable en soi. Je peux le vivre comme injustifié parfois, inadéquat ou inadapté mais il est conforme au vécu de l'autre et appartient à celui qui en est habité.

« Papa, tu es méchant » – « Oui, tu me vois comme méchant et moi, je me vois comme ayant besoin de rigueur même si cela est difficile pour toi ! »

J'ai surtout à apprendre à reconnaître ce que l'expression de ce ressenti suscite chez moi. Quelle peur ? Quelle culpabilité ? Quelle sensibilité ? Quelles résonances ?

• Lorsque je confirme l'autre là où il est, avec ce qu'il ressent, dit ou fait, je ne l'approuve pas forcément.

• Pour pouvoir confirmer l'autre, j'aurai à renoncer aux « bonnes images de moi-même », aux ressentiments, aux rancœurs qui encombrent, troublent et dénaturent parfois ma lucidité.

MAMAN, JE VEUX ENCORE REGARDER LA TÉLÉ !
J'AI BIEN ENTENDU TON DÉSIR MAIS JE TE DEMANDE D'ALLER AU LIT !
J'AI ENTENDU TA DEMANDE MAMAN MAIS J'AI TOUJOURS MON DÉSIR DE REGARDER LA TÉLÉ !
OUI, C'EST UN BEAU DÉSIR MAIS MA DEMANDE EST IMPORTANTE
J'ENTENDS BIEN, MAMAN, ET JE TE REMERCIE DE TROUVER QUE MON DÉSIR EST BEAU... MAIS JE VEUX LE GARDER !
TU VAS ALLER AU LIT OUI ÇA SUFFIT COMME ÇA !
JE SAVAIS BIEN QUE LA COMMUNICATION ÉTAIT UN MYTHE !

• Confirmer suppose aussi de renoncer au besoin infantile de me justifier, de m'innocenter sur ce que « j'ai fait ou pas fait... »

4. Accompagner les émotions

Le plus difficile parfois pour des adultes sera d'accepter d'entendre les émotions comme un langage.

Le plus souvent, l'expression d'une émotion s'accompagne d'une gêne ou de pudeur chez celui qui l'exprime, d'un refus indirect ou d'une culpabilité chez celui qui en est le témoin.

Pour moi, l'émotion est le langage privilégié du retentissement. Quelque chose se passe et se vit, qui va toucher, réactiver, réactualiser un souvenir enfoui, une blessure mal cicatrisée, une situation inachevée.

L'émotion sera le langage utilisé par le retentissement pour se dire.

Accompagner l'émotion suppose :

1. Se taire, être présent, accueillir ce qui se passe chez l'autre.
2. Se rapprocher, se tourner vers celui qui ressent l'émotion.
3. Faire entendre sa propre respiration pour soutenir l'émotion.
4. Toucher peut-être, c'est-à-dire, établir un contact.

5. Inviter à mettre des mots, non sur ce qui s'est passé, mais sur ce qui est remonté et se vit au présent chez l'enfant ou la personne envahie par son émotion.

6. Confirmer le ressenti :

« Oui, c'est comme cela que tu as vécu cet événement. Oui, il y a beaucoup d'émotion en toi et c'est possible de la dire avec des pleurs, avec de la tristesse, avec de la colère. »

Ainsi l'émotion se partage et se vit comme un langage.

5. J'évite les pièges de l'incommunication...

J'accepte que ce que je dis n'est pas toujours ce qui est entendu et que ce que j'entends n'est pas forcément ce qui est dit.

J'apprends à sortir des deux pièges principaux de la mise en commun :

• l'accusation ou la mise en cause d'autrui « C'est de ta faute, tu n'entends jamais rien, on ne peut pas discuter avec toi... y a qu'à, t'as qu'à... »

• L'auto-accusation ou la disqualification de soi « De toute façon, je n'ai jamais su... j'ai toujours été... incompris, mal aimé... »

... Et je m'engage vers une responsabilisation plus grande dans mon positionnement relationnel personnel.

JE NE PLEURE PAS PARCE QUE VOUS M'AVEZ PUNI... JE PLEURE PARCE QUE CETTE PUNITION REVEILLE EN MOI L'IMPRESSION QUE JE NE SUIS PAS BON, QUE JE VAUX RIEN...
C'EST VRAI, M'SIEUR, MOI JE SUIS TRISTE : JE SUIS DÉÇUE CAR JE CROYAIS QUE CETTE FOIS J'AURAIS UNE BONNE NOTE...
BON, ALORS JE NE PEUX RIEN DIRE ! CHAQUE FOIS QUE JE DIS QUELQUE CHOSE JE RISQUE DE BLESSER OU DE RÉACTIVER DE VIEILLES SOUFFRANCES... COMMENT PUIS-JE FAIRE ALORS ?

6. J'ai le souci de nourrir, de dynamiser les relations qui sont ou restent importantes et significatives pour moi

a) Je renonce aux plaintes, reproches, accusations, culpabilisations ou dénis sur l'autre.

b) J'ose formuler des demandes directes, proposer mes projets, énoncer mes possibles et mes limites.

c) J'apprends à ne pas anticiper sur la réponse de l'autre et à ne pas m'identifier à elle.

d) Je confirme sans m'approprier les remarques, les messages ou les injonctions de l'autre sur moi.

« Oui, c'est possible que tu me trouves injuste ou égoïste quand je me respecte ou parle de moi.

Je ne suis pas preneur de tes remarques, elles t'appartiennent... »

« Je ne deviens pas idiot parce que l'autre me voit comme idiot. »

« Je ne suis pas mauvais ou mal aimé parce que mes parents me refusent une moto ! »

7. Je suis vigilant à ne pas polluer mes relations

• Je veille à ne pas les encombrer inutilement.

Je prends soin de ne pas y laisser s'accumuler des déchets ou des obstacles.

• Je laisse chez l'autre ou je rends à l'autre ce que je ressens comme « pas bon » pour moi.

« Quand tu m'as traitée de folle et d'inconséquente, lorsque je t'ai annoncé mon intention de changer de travail, je ne me suis pas reconnue. Aussi je te rends cette perception et cette image que tu as de moi, elles sont tiennes et je ne les fais pas miennes. »

Je ne laisse pas rancœurs, malentendus, ressentiments ou non-dits encrasser la « tuyauterie relationnelle ».

« Avant d'aller dormir, je souhaite te dire comment j'ai reçu et vécu ta remarque faite devant mes amis... »

8. J'apprends à ne pas entrer dans les jugements de valeur

Je refuse les disqualifications, l'accusation, le chantage ou les culpabilisations de l'autre sur moi. La culpabilisation ne marche que si je me laisse culpabiliser.

Devenir autonome, c'est prendre le risque de s'affirmer en renonçant à l'approbation... de ceux qui prétendent nous aimer.

9. Je différencie sentiments et relation

Les sentiments que j'éprouve se situent à deux niveaux :

• A l'égard d'une personne, de ce qu'elle est, de ce qu'elle stimule en moi.

• A l'égard de ce qu'elle fait ou ne fait pas, de ce qu'elle dit ou ne dit pas.

L'autre peut déclencher en fonction de ma sensibilité deux sortes de ressentis en moi qu'il est possible de confirmer avec des mots.

• Bien-être, plaisir, satisfaction...
« Oui, j'ai du plaisir dans cet échange » ou « j'ai aimé ce que tu m'as dit... »

• Mal-être, déplaisir, insatisfaction... qu'il m'appartiendra de reconnaître comme étant miens... à ce moment-là.

D'où plusieurs colorations de vécus que je peux apprendre à énoncer dans leurs nuances :

« Je suis désorienté, perdu ou en colère quand je te vois faire cela... quand je t'entends dire des choses pareilles... »

« Je t'aime mais je n'aime pas quand tu dis ceci ou quand tu fais cela... »

10. Je ne confonds pas besoins et désirs

• La fonction essentielle des adultes est de pouvoir répondre directement ou indirectement aux besoins des enfants et d'entendre leurs désirs.

Ils auront à apprendre, à reconnaître et à différencier le niveau des besoins de celui des désirs.

Un positionnement clair et rigoureux consistera à permettre qu'un enfant se relie à son désir, en lui donnant en particulier la possibilité :

• soit de le transformer lui-même en projet dans une confrontation avec une réalité de contraintes, de moyens, de ressources et de possibles.

• soit d'y renoncer ou de garder le désir à l'état de désir.

Comme adulte, comme parent, je peux aider un enfant à se relier à son propre désir et l'inviter à faire lui-même quelque chose pour ce désir, si ce dernier m'apparaît acceptable ou non dangereux.

« Oui, j'entends que tu voudrais bien un hamster... mais qu'est-ce que tu es prêt à faire, toi, pour ce désir-là ? »

« Je trouve ce désir de voyage à l'étranger trop risqué s'il se réalisait, aussi je ne l'encourage pas en toi. »

Le piège à éviter c'est de transformer tout désir en demande.

11. Je renonce à imposer mes certitudes et croyances

• Je ne sais pas à la place de l'autre, pour l'autre.

• Je ne peux changer autrui mais je peux changer mon regard, mon écoute et donc, par là, changer ma relation à lui.

• Je ne peux changer mon passé mais je peux changer ma relation à ce passé.

• Le sens, la valeur et le bien-fondé d'une demande ne sont pas dans la réponse obtenue.

Toute demande a besoin d'être entendue, ce qui ne veut pas dire satisfaite.

• La demande « appartient » à celui qui l'énonce, la réponse « appartient » à celui qui la donne.

• L'autonomie, la maturité affective et relationnelle d'un enfant ou d'un adulte dépendent de la façon dont chacun s'arrange et compose avec ses propres demandes, en particulier avec sa tendance à les identifier comme valables ou non par rapport aux réponses ou aux attentes de l'autre sur lui.

D'ABORD, LES ENFANTS
SI ON ÉCOUTAIT TOUT CE QU'ILS
DISENT, ON N'EN FINIRAIT PAS...
DE LES ENTENDRE !
FM.

La rencontre avec des adolescents suppose plusieurs mutations chez les adultes.

• Pouvoir passer d'une relation de soins et d'exigences à une relation d'échanges.

• Le besoin de partage et le désir d'autonomie ne veulent pas dire pour autant laisser faire ou démission. Ils trouveront au contraire un écho dans plus de différenciation et plus de positionnement personnel chez l'adulte.

• L'alternance des influences devient plus mobile. « Est-ce que j'accepte de me laisser influencer par mes enfants ? Cela ne veut pas dire que j'accepte et que je fais miens leurs goûts, leurs enthousiasmes ou leurs critiques ! »

« Je ne suis pas obligé de me transformer en père-copain ou en mère-copine. »

A l'adolescence, la réciprocité, même quand elle est demandée, est plus fragile car les différences d'expériences et de vécu sont plus marquées.

• Il ne sera pas facile à certains de pouvoir supporter les remises en cause, d'accepter de perdre de sa toute-puissance, de lâcher la position haute (celui qui influence), de se montrer parfois démuni.

• Cela suppose aussi d'être capable d'affronter le risque d'être dépassé ou encore de renoncer à ses attentes ou à ses illusions sur l'autre.

• Favoriser la relation directe sera une aide précieuse. Cela suppose refuser d'entretenir les relations indirectes quand l'autre (ou moi-même) avons tendance à parler sur autrui. « Je te parle de moi, je t'invite à parler de toi. »

SALOMÉ, IL NOUS INVITE À DIRE CE QU'ON PENSE OU RESSENT... BON D'ACCORD MAIS SI JE PENSE QUE MA MÈRE DEVRAIT S'OCCUPER PLUS D'ELLE AU LIEU DE JOUER À LA "BONNE MÈRE" 24 H SUR 24 !
ET MOI SI JE DIS À MON PÈRE QUE JE LE TROUVE FACHO AVEC SES IDÉES SUR LES ÉMIGRÉS...
LE PLUS FACILE C'EST D'ARRÊTER DE VOULOIR... CE QU'ILS NE SONT PAS ! QUAND JE ME DIS "JE SUIS LE FILS DE CETTE FEMME ET DE CET HOMME-LÀ, ÇA VA MIEUX !
ET MOI J'AJOUTE : ET JE SUIS LA FILLE DE CETTE FEMME ET DE CET HOMME-LÀ !

12. Se rappeler la règle d'or de la communication : se respecter et être fidèle… à soi-même

Cela suppose d'accepter de faire confiance à sa propre écoute intime. (D'éviter les comparaisons, les références paralysantes à la normalité.)

De faire confiance à ses besoins et à ses désirs et être clair avec soi en particulier sur ses propres attentes, limites, zones de tolérance et d'intolérance.

Il est possible ainsi de laisser une tentative de communication en suspens : « Pour l'instant, je ne peux aller plus loin dans l'échange avec toi. Je souhaite te proposer de poursuivre à un autre moment… »

Ne pas avoir appris à communiquer est une chose, continuer à ne pas savoir en est une autre.

Comment passer du réactionnel au relationnel... tout est là.

MOI, SI J'AVAIS APPRIS PLUS TÔT À COMMUNIQUER JE N'AURAIS PAS APPRIS À AVOIR TOUJOURS TORT !
POUR MOI, C'EST PAS PAREIL, J'AI APPRIS À VOULOIR AVOIR TOUJOURS RAISON !
FM.

13. Chaque jour je peux choisir une règle d'hygiène relationnelle [1]

Pour la mettre en pratique et m'y exercer avec vigilance, constance et ardeur... bien sûr !

Mais surtout pour me familiariser avec la difficulté de leur mise en pratique, car mes conditionnements sont tenaces, mes habitudes à les transgresser subtiles et mes résistances à me remettre en cause encore plus habiles que je ne peux l'imaginer.

Toute démarche de changement et d'évolution passe par ce choix concret : remise en cause ou non de mes modalités relationnelles.

Il appartient à chacun d'en décider en s'appuyant sur quelques principes de base, tels qu'ils sont proposés aux pages suivantes.

1. Nous avons inventé le jeu du Regard Fertile. Jeu de 156 cartes énonçant chacune, une règle d'hygiène relationnelle fondamentale.

MAMAN ! JE N'AIME PAS LA SOUPE
MAIS ELLE EST BONNE LA SOUPE !
MAMAN... JE M'ENNUIE À L'ÉCOLE...
MAIS C'EST TRÈS BIEN L'ECOLE !
MAMAN ! NICOLAS I'VEUT PLUS JOUER AVEC MOI !
DE TOUTE FAÇON IL EST JUIF, NICOLAS !
MAMAN... JE PREFÈRE PAPA !
C'EST TOUJOURS COMME ÇA, C'EST PARCE QU'IL EST JAMAIS LÀ !
MAMAN ! J'AI ENVIE D'ÊTRE ÉCOUTÉ ET ENTENDU, MOI, QUAND JE TE PARLE !
AH OUI ! IL NE FAUT PAS CONFONDRE LE SUJET ET L'OBJET J'AVAIS OUBLIÉ !
OUF ! ELLE M'A ENFIN ENTENDU !
FM.

IV. Principes de base de l'écologie relationnelle

1. Triangularisation

Principe de triangularisation (ou règle de la triangulation) :

Dans tout échange, comme dans toute tentative de communication, nous sommes toujours trois : l'autre, moi et le lien qui nous relie = la relation.

Apprendre à identifier cette relation, la nommer sont les premières conditions de sa bonne santé.

2. Savoir adopter l'alternance des positions d'influence

• L'être humain se caractérise par le besoin fondamental d'exercer une influence sur son environnement, au travers de ses relations. En particulier tenter d'influencer ses relations significatives et essentielles.

• Toute relation s'inscrit dans un rapport de forces dont l'enjeu actif, caché, voilé ou muet, se situe essentiellement à deux niveaux :

Qui influence qui ? Qui a la position haute ? basse ? Quand ? Comment ? Dans quel domaine ? De quel type ?

SALOMÉ, IL DIT : C'EST MIEUX DE SE CONFRONTER QUE DE SE SOUMETTRE OU S'OPPOSER. J'AIMERAIS LE VOIR, LUI, AVEC UN PÈRE COMME LE MIEN !

• Une relation en santé est une relation dans laquelle l'alternance et le rééquilibrage des positions d'influence sont remises en cause en permanence.

Chacun s'attribuant et reconnaissant à l'autre une place mobile dans un équilibre souple des rapports d'influence.

• On ne peut pas ne pas influencer.

L'important est de ne pas confondre influence et pouvoir, influence et domination...

Je peux proposer sans imposer, témoigner sans convaincre, influencer sans soumettre.

• Se positionner, c'est prendre le risque de s'affirmer en énonçant des désirs propres, un point de vue original, des projets personnels, des idées semblables, proches ou différentes. Et dans ce dernier cas, savoir renoncer à l'approbation de l'autre, voire parfois, prendre le risque de le contrarier.

« C'est vrai que je me suis toujours soumis à vos désirs et à vos demandes, Papa, Maman, quelquefois au détriment de mes propres goûts ou besoins.

Mais aujourd'hui dans cette orientation que je choisis, je prends le risque de me définir et d'apposer à votre point de vue un point de vue différent. »

3. Distinguer « Pouvoir » et « Autorité »

• J'exerce du pouvoir sur l'autre quand je l'influence par la contrainte, quelle que soit la nature de cette contrainte (physique, morale, psychologique ou affective.)

• J'ai de l'autorité quand j'exerce une influence en permettant à l'autre d'être plus lui-même. Avoir de l'autorité, c'est rendre l'autre auteur.

Selon le contexte, la situation, l'urgence, ma fonction ou mon rôle, ou selon mes croyances, mon idéologie, mon style et mon état d'être, je peux avoir du mal à établir mon autorité et en être réduit à imposer mon pouvoir.

Parfois aussi, selon la pression que l'autre exerce sur moi, je ne peux proposer qu'une relation de pouvoir, de contrainte et d'exigence.

Il est possible de dire à un enfant : « c'est vrai, je t'impose cette décision, ce n'est pas le type de relation que je souhaite avoir avec toi mais je suis capable de te l'imposer dans cette circonstance ».

4. Favoriser les positionnements relationnels centrés sur la différenciation et la confrontation

Dans une relation de confrontation, les dynamiques de soumission et d'opposition agissent et circulent a minima.

Les échanges se font dans l'apposition.

• Chaque relation est unique et ne peut être comparée avec une autre.

« Je ne suis pas lui, il n'est pas moi, même s'il y a des ressemblances entre nous. »

• Ce que je dis, fais ou pense n'est ni confondu, ni subordonné, ni aliéné à ce que dit, fait ou pense l'autre.

• *Oser la confrontation* et ne pas confondre la mise en mots avec la mise en cause.

La confrontation est basée sur l'apposition. Elle n'est pas l'affrontement.

Elle ne vise pas à affaiblir, diminuer, disqualifier ou dominer l'autre.

Une telle relation exige non seulement l'acceptation de l'expression des sentiments « négatifs » de l'autre mais aussi l'identification et l'expression de mes propres sentiments « négatifs ».

• La confrontation, telle que je la définis, contribue au contraire à faciliter et susciter en retour le positionnement, la définition et l'affirmation de l'autre.

a) La première phase est la réaffirmation du lien. « Je crois que tu sais l'importance que j'attache à notre relation... »

b) Suivie des faits et du ressenti que j'ai par rapport à ces faits, en parlant uniquement de moi.

« Je me sens inquiète et en colère quand tu ne respectes pas les horaires de retour des soirées que nous avons convenus ensemble. »

c) Assortie de la réaffirmation de ma demande « Je te demande de rentrer à l'heure pour laquelle tu t'es engagée. »

d) Ou une invitation à négocier sur une autre base.

Il s'agit bien d'une mise en mots pour évacuer les sentiments négatifs et non une mise en cause qui s'inscrirait alors dans un rapport de forces.

5. Maintenir la cohérence relationnelle autour de ces quatre grands axes fondamentaux :

... demander, donner, recevoir, refuser.

Une relation cohérente est une relation dans laquelle chacun des protagonistes a la possibilité d'exprimer non seulement des demandes (ce qui correspond aux potentialités de chacun : accueillir, amplifier, refuser ou se séparer), mais aussi d'avoir les ressources de donner, recevoir ou de refuser.

... Si l'un de ces axes est soit défaillant ou hypotrophié, soit exagérément développé ou hypertrophié, alors la relation est malade, déséquilibrée... ou en souffrance.

Demander : oser faire des demandes en prenant le risque de la réponse. Beaucoup de demandes ne s'inscrivent pas en propositions ouvertes mais en exigences déguisées.

Donner : suppose offrir sans l'attente d'un retour ou d'un accusé de réception.

Recevoir : nécessite une ouverture suffisante pour accueillir ce qui est bon pour moi, sans préjuger des intentions.

Refuser : savoir refuser, non la personne, mais ce qui vient d'elle. Oser dire non pour soi.

A partir de ces quatre positions relationnelles, nous avons le repérage de deux positions parentales essentielles.

Les positions mère ou père correspondent aux positionnements relationnels demander/refuser.

Les positions maman et papa correspondent aux positionnements relationnels donner et recevoir.

Ce qui fait mieux comprendre que certains enfants ont plus de mère que de maman, plus de papa que de père ou l'inverse.

CHAQUE FOIS QUE JE ME POSITIONNE, ÇA NE TOMBE JAMAIS BIEN. MON PÈRE, IL VOUDRAIT QUE J'AIE LES MÊMES IDÉES QUE LUI SUR TOUT !
MA MÈRE, ELLE NE SUPPORTE PAS LA CONTRADICTION. ELLE CROIT TOUJOURS QUE C'EST CONTRE ELLE... QUE JE NE L'AIME PAS ASSEZ !
MES PARENTS À MOI, ILS S'EN FOUTENT... ILS ME DISENT TOUJOURS "TU VERRAS LA VIE TE DRESSERA ... TU VERRAS !"

6. Toute tentative de communication oscille entre deux axes ou tendances

A. Tendance infantilisante, dans laquelle les rapports de force s'exercent *a maxima*.

• Le DEMANDER se transforme en exigence, en obligation ou en contrainte.

• Le DONNER, en imposition ou en culpabilisation [1].

• Le RECEVOIR, en prendre ou en devoir.

• Le REFUSER, en opposition et en rejet.

1. La culpabilisation s'appuie sur la double dynamique suivante :

• Quand je rends l'autre responsable de ce que je ressens, de ce qui m'arrive.

• Quand je m'approprie ce qui se passe chez l'autre (désarroi, souffrance...).

LE M'AIME PAREIL...
C'EST PAS LE MÊME PAREIL.
C'EST UNE ESCROQUERIE AFFECTIVE!
J'AI LU QUELQUE PART QUE
C'ÉTAIT LE PLUS GROS DES
MENSONGES!

B. Tendance créative ou maturante
dans laquelle les rapports de force agissent *a minima* et facilitent l'altérité, la réciprocité des influences, l'acceptation des différences, la reconnaissance et le respect de l'unicité et des vérités multiples de chacun.

Nous pourrions proposer dans chaque relation... plutôt cette dernière tendance où :

• Le DEMANDER se métamorphose en proposition, en invitation ou en stimulation.

• Le DONNER, en offrande et en partage qui, sans nécessaire contrepartie, s'ouvre sur le possible d'une réciprocité.

• Le RECEVOIR, en accueil et en ouverture. En ne confondant pas la tentative de mise en mots avec une mise en cause personnelle.

• Le REFUSER, en affirmation et en positionnement personnalisé clair et serein.
« Je ne suis pas dans cette énergie-là... »

7. Se sensibiliser aux « autres langages »

Les enfants utilisent pour se dire ou ne pas se dire de multiples langages[1]; ce qui suppose donc, chez les adultes, une écoute polyvalente pour entendre au-delà du non-verbal, l'infra- ou ultra-verbal.

• Lorsqu'un enfant est en difficulté scolaire ou de comportement, c'est qu'il tente à sa façon d'exprimer un mal-être, une incompréhension, un questionnement, une peur ou un conflit.

Voir sur ce thème :
1. *Papa, maman, écoutez-moi vraiment* - Albin Michel.

• Le problème et le malentendu naissent le plus souvent du fait que la tentative d'expression de l'enfant n'est pas entendue dans le registre où elle tente de se dire. Elle est perçue et ramenée par les adultes (parents ou enseignants ou éducateurs) à une inadéquation, un dysfonctionnement, un symptôme gênant à réduire ou à supprimer, plutôt que reçue comme un langage à comprendre.

8. Priorité au sujet

Dans tout échange le sujet (celui qui parle) est prioritaire sur l'objet (ce dont il parle).

Se décentrer de « l'objet » ou « du contenu » pour mieux entendre le sujet...

« Je n'aime pas l'école »
↓ ↓
sujet objet

Plus je pourrai *écouter* ce que l'enfant n'aime pas dans l'école, plus je pourrai accéder à ce qui est touché en lui, plus je pourrai entendre ce qui est réactivé, et plus je serai dans un relationnel de partage.

MONSIEUR, JE ME RESPECTE CE MATIN EN DORMANT CAR J'AI REGARDÉ LA TÉLÉ JUSQU'À MINUIT !
ET MOI, JE ME RESPECTE EN T'OBLIGEANT À TRAVAILLER POUR TON BIEN... MAIS JE NE VEUX PAS AVOIR TOUJOURS LE MAUVAIS RÔLE DE CELUI QUI OBLIGE, QUI PUNIT, QUI REPROCHE OU QUI SE PLAINT !
c'est difficile de se respecter mutuellement quand un des deux ne se respecte pas, lui !

• Au-delà du discours utilisé... c'est le message qui doit être entendu.

« Qu'est-ce qui est dit ?... qu'est-ce qui est sensible ou atteint chez celui qui parle ! »

• Le plus important n'est pas la problématique énoncée, exposée au niveau manifeste (la plupart du temps elle sert même à cacher, à brouiller les pistes)...

• Avant de comprendre, il s'agit d'entendre.

• Pour favoriser l'entendre et l'approche du niveau de dysfonctionnement, il convient de différencier son écoute sur chacun des protagonistes d'une situation conflictuelle.

A. ***Que se passe-t-il chez l'enfant ?***
Que tente-t-il de dire ou de taire à sa façon... avec ses difficultés, ses refus ou ses blocages ?

Entendre les comportements inadaptés comme des langages miroirs.

Pour entendre l'enfant comme sujet, il est nécessaire de prendre conscience de ce qu'il déclenche chez les adultes qui l'entourent : « Qu'est-ce qui est dérangé en moi par cet enfant ? Puis-je différencier mon ressenti du sien ? »

B. ***Que se passe-t-il chez le parent « atteint »*****,** réactivé par la conduite de l'enfant à deux niveaux ?

a) actuel : « Ce que j'ai fait, dit »
« Ce que je n'ai pas fait, pas dit... »

b) historique : réveil et réactualisation du passé. Réactualisation de l'ex-enfant qui est en chaque parent[1].

1. La grande « habileté » des enfants est de remettre à jour, à tout moment, l'ex-enfant qui est en nous !

Prière secrète d'un enfant à sa mère et à son père

Maman, Papa,
je vous en supplie
ne me laissez pas croire
que mes désirs sont tout-puissants.

Maman, Papa,
je vous en prie
prenez le risque de me frustrer
et de me faire de la peine
en refusant certaines de mes demandes.

Maman, Papa,
c'est important,
pour moi, que vous sachiez me dire non,
que vous ne me laissiez pas croire
que vous pouvez être tout pour moi,
que je peux être tout pour vous.

Maman, Papa,
surtout
entendez mes désirs
mais n'y répondez pas tout de suite.
En les satisfaisant trop vite... vous risquez de les assassiner.
Confirmez-moi que j'en ai, qu'ils sont recevables
ou irrecevables
mais ne les prenez pas en charge à ma place.

Maman, Papa,
s'il vous plaît
ne revenez pas trop souvent sur un refus,
ne vous déjugez pas.
Pour que je puisse ainsi découvrir
mes limites et avoir des repères clairs.

Maman, Papa, même si je réagis, si je pleure,
si je te dis à toi, Maman, « méchante et sans cœur... »
reste ferme et stable
cela me rassure et me construit.
Si je t'accuse toi, Papa, « de ne rien comprendre »
ne m'enferme pas dans mes réactions.

Maman, Papa,
par pitié,
même si je tente de vous séduire, résistez,
même si je vous inquiète, ne vous soumettez pas,
même si je vous agresse parfois, ne me rejetez pas.
C'est comme cela que je pourrai grandir.

Maman,
Papa vous dire aussi à chacun
que je ne suis que votre fils, votre fille.

C. *Que se passe-t-il chez l'enseignant ou l'éducateur* dérouté, déstabilisé ou mis en difficulté par la conduite, la non-réussite de l'enfant ?

Qu'est-ce qui est touché chez lui de ses propres limites, de ses résonances personnelles, de son seuil de tolérance, de ses ressources ou de la « bonne image » d'enseignant qui sait et qui a charge de transmettre un savoir ?

« C'est bien moi l'enseignant qui suis en difficulté quand je n'arrive pas à atteindre les objectifs que je m'étais fixés avec cet enfant ! »

La relation est aussi replacée dans un système d'interactions et d'inter-influences réciproques et rétroactives. Tout cela dans une réelle perspective de différenciation, d'autonomie et de partages possibles.

9. Accéder au dialogue

* Le dialogue est un échange, un partage où chacun des protagonistes a la possibilité d'être entendu et de se dire ainsi :

« Voilà ce qui est bon, venant de toi et que je peux prendre, intégrer et peut-être amplifier.

Dans ce qui vient de toi, voilà ce qui n'est pas bon, voire insupportable pour moi, voilà ce qui ne me rejoint pas et que je laisse chez toi ou que je te rends. »

L'écologie relationnelle sera un jour enseignée à l'école et pratiquée par chacun dans ses relations amoureuses, parentales, filiales, scolaires ou sociales. Non seulement au niveau des échanges et du partage qui définissent l'espace personnel ou proche mais également dans celui plus élargi, du monde social et professionnel au niveau de la transmission des savoirs, de la production et des relations internationales.

AH! SI LEURS PARENTS OU LEURS PROFESSEURS AVAIENT LU SALOMÉ...
QUAND J'ÉTAIS ENFANT JE N'AI JAMAIS OSÉ DIRE Ā MON PĒRE QUE
EH, OUI! ON NE NOUS A PAS APPRIS Ā COMMUNIQUER...

S'IL M'ÉCOUTAIT PLUS SOUVENT, ÇA N'ARRIVERAIT PAS...
CET ENFANT, IL NE FAIT RIEN EN CLASSE, IL SE FOUT DE TOUT...
AVEC TOUS LES CONGÉS QU'ILS ONT, LES INSTITS, IL POURRAIT FAIRE UN EFFORT !
CETTE FEMME DEVRAIT PENSER MOINS À ELLE ET S'EN OCCUPER PLUS...
MAMAN, SI ELLE ME DEMANDAIT MOINS, JE
S'IL ÉTAIT PLUS INTÉRESSANT, CE PROF, ÇA MARCHERAIT MIEUX !
MON MARI, S'IL ÉTAIT PLUS SOUVENT LÀ !
POURTANT JE FAIS CE QUE JE PEUX, TOUS LES SOIRS...
VOUS SAVEZ VOTRE AINÉ, ÇA NE VA PAS DU TOUT EN FRANÇAIS
ET LE PETIT SUIT LES TRACES DE SON FRÈRE

CONCLUSION

Je ne propose pas un modèle idéologique de référence sur le « bien communiquer ». Je souhaite simplement offrir des repères afin de dépasser le niveau des intentions ou de la simple bonne volonté et d'accéder à celui de l'application pratique.

Aussi j'ai pris le risque de vous proposer quelques modalités concrètes, directement opérationnelles, susceptibles d'être utilisées dans toutes les situations d'échange et de partage, entre adultes, ou entre adultes et enfants, enfants et adultes.

Ces outils s'appuient comme on l'a vu sur quelques règles d'hygiène relationnelle, auxquelles chacun peut s'exercer lui-même, sans attendre que l'autre change ou se situe dans le sens de nos souhaits et de nos aspirations.

Il sera ainsi possible, dès aujourd'hui même, à tout enfant comme à tout adulte de proposer autour de lui ces repères susceptibles d'améliorer la communication à autrui.

C'est ce que je souhaite à chacun.

D'autres règles, d'autres outils peuvent être encore proposés et inventés. Tout un champ de recherche et d'exploration créatrice reste ouvert à cette discipline fabuleuse :

L'apprentissage des relations humaines au quotidien de chaque échange.

Déclaration des droits de l'homme et de la femme à la communication

• Quel enfant, quel ex-enfant n'a vécu un sentiment diffus de malaise dans les tentatives de communication avec ses proches, avec ses professeurs, avec le monde des adultes !

• Qui n'a ressenti ce mal-être de ne savoir communiquer avec lui-même et d'entendre parfois la révolte de son corps quand il découvre que la violence des maux n'est que le reflet du silence des mots !

• Qui n'a rencontré au quotidien, la difficulté de se dire et d'être entendu, surtout être entendu par ceux que nous aimons, dont nous nous sentons aimés ou qui sont les plus proches de nous !

• Qui n'a senti la violence sourde d'entendre l'autre parler sur lui, la révolte de sentir autrui penser à notre place, de le voir décider pour notre bien ou encore de nous engager dans un projet, dans une décision, dans un mode de vie où il ne se retrouve pas !

• Qui n'a entendu et reçu comme un rejet ou une négation de sa personne, l'injonction d'idées toutes faites, les a priori, la violence des jugements ou des affirmations péremptoires interdisant le possible d'un échange, aliénant ou clôturant l'ouverture à un passage et à une mise en commun !

• Qui n'a éprouvé cette souffrance de se sentir enfermé dans une image, dans un rôle, dans un commentaire, dans lesquels il ne se reconnaissait pas, dans lesquels il ne pouvait ni s'identifier ni se respecter !

Réalité et... langages métaphoriques.

• Qui n'a vécu le sentiment humiliant et injuste de se laisser définir... tel qu'il ne se sent pas !

• Qui n'a éprouvé le désarroi de se voir opposer à son ressenti, à ses perceptions, à ses croyances... d'autres ressentis, d'autres perceptions et d'autres croyances qui, au-delà d'un témoignage ou d'un partage, voulaient s'imposer à lui et l'inviter ou le forcer à renoncer aux siennes.

• Oui, chacun d'entre nous, sans hésitations possibles, a éprouvé, rencontré l'une ou l'autre de ces interrogations.

Chacun d'entre nous a découvert à un moment donné ou un autre de sa vie qu'il était démuni, handicapé ou infirme des relations humaines.

Et peut-être a-t-il aspiré à une nouvelle naissance, pour passer du
TAIS-TOI au TU ES TOI QUAND TU PARLES.

En osant se réapproprier sa parole, en retrouvant des mots à lui, en prenant le risque de se définir devant autrui avec ses propres références, avec des engagements, avec des choix de vie et des fidélités personnelles, chacun se donne ainsi plus de moyens pour exister.

En se responsabilisant aussi pour accepter d'entrer dans une démarche d'apprentissage possible pour le respect de quelques règles d'hygiène relationnelle et le maniement de quelques outils concrets pour une communication vivante.

BEAUCOUP TROP JEUNE
pour apprendre à communiquer
TROP TURBULENT
pour savoir communiquer
TROP IMPÉTUEUX
pour perdre du temps à communiquer
TROP AMOUREUX
pour penser à communiquer
TROP OCCUPÉ
pour prendre le temps de communiquer
TROP FATIGUÉ
pour avoir envie de communiquer
TROP DE SOUCIS
pour, en plus, essayer de communiquer
TROP VIEUX
pour avoir l'énergie de communiquer
TROP TARD...
pour découvrir la communication

Adressé aux mères qui accepteraient de devenir aussi des mamans[1] et aux mamans qui prendraient le risque de devenir des mères[1]

Si vous avez enfanté d'un enfant et que vous souhaitiez l'élever (ou le laisser grandir !) ou lui permettre d'exister (sortir de...), il est toujours possible d'oser lui dire, un jour, cinq choses importantes, dont il vous appartiendra de clarifier à votre façon l'énoncé.

1) J'ai trop souvent été *une maman* (donnante, tolérante, acceptante et comblante avec des oui ou des laisser-faire, et j'ai oublié parfois, pas osé quelquefois, être *une mère* (refusante, irritante pourquoi pas, ou même blessante, quand elle aurait eu à te dire *non !*).

Ou inversement, et c'est aussi difficile, si j'ai surtout été une mère pleine d'attentes, de demandes, d'exigences en oubliant d'être une maman attentive, écoutante, attentionnée ou disponible.

2) J'ai tant de fois négligé ou oublié de m'affirmer comme une femme qui avait aussi le désir d'une vie personnelle et un grand besoin d'intimité. Une femme qui aspirait à un territoire personnel, « rien qu'à elle », un espace réservé et même préservé. Ne serait-ce qu'un lit, un fauteuil ou un simple tiroir ! Ou, pourquoi pas, cette pièce qui aurait pu devenir « mon bureau », « mon coin » de détente ou de rêve... si je ne l'avais pas si facilement sacrifiée à d'autres priorités ou d'autres urgences... si je ne l'avais pas si souvent laissée envahir ?

J'ai oublié de me reconnaître comme une femme qui avait besoin de recevoir des marques de tendresse et des témoignages d'affection autres que ceux en provenance ou en direction d'un enfant.

3) Si je veux *te* respecter et *me* respecter, il m'appartient d'apprendre à te dire :

OUI pour moi	NON pour moi
OUI parfois pour toi	NON parfois pour toi

Et même si ces non te dérangent, même si tu n'es pas toujours prêt à les entendre ou à les prendre en compte, même si tu t'opposes et que tu veuilles *faire quand même*, sache simplement que cela ne change rien à ma position, que je ne t'accorde ni mon approbation, ni ma collaboration, pour cet aspect de ta vie où je te dis non.

4) Je ne veux plus, à l'avenir, confondre mes sentiments pour toi et la relation que je peux établir avec toi.

Je peux tout à la fois t'aimer et ne pas aimer ce que tu fais, dis ou ne fais pas.

Je peux très bien t'aimer et néanmoins prendre le risque de te faire de la peine en ne rentrant pas dans toutes tes demandes, en ne satisfaisant pas tous tes désirs.

Je sais, bien sûr, que je cours le risque de briser le miroir reflétant l'image de « Bonne Mère » que je cultive depuis si longtemps. Je risque de déloger des certitudes acquises au prix de tant d'efforts et ainsi de te décevoir.

Mais je me sens prête à prendre ces risques.

J'ai besoin d'être plus moi-même et j'ai aussi l'espoir de changer la qualité de notre relation.

5) Je vais, dès maintenant, être plus attentive à différencier tes besoins de tes désirs.

Car si je me sens parfois responsable de la satisfaction de certains de tes besoins vitaux, je ne souhaite plus l'être, dorénavant, de tes désirs. Je veux bien te proposer mon soutien à leur réalisation, mais uniquement pour ceux de tes désirs qui m'apparaissent recevables et qui, de mon point de vue, ne menacent pas ton intégrité. Je veux bien t'apporter mon aide, mais seulement pour te permettre d'y accéder toi-même, avec tes propres ressources, avec tes possibles et tes moyens à toi (c'est-à-dire avec tout ce que tu te sens prêt à faire, *toi, pour tes désirs*).

A ces quelques points pourraient s'en ajouter d'autres, en vue de constituer une charte de vie entre nous, un contrat de bien-être relationnel entre toi et moi.

Oui, je crois qu'un jour je pourrai oser te dire tout cela, surtout si je suis une femme qui élève seule son enfant...

1. Cela pourrait s'adresser également aux papas et aux pères !

Ce livre accompagne à l'origine chaque cassette vidéo* réalisée par Bernard Martino et Jacques Salomé sur les outils de la communication et la communication parents-enfants. Il est destiné à tous ceux qui se préoccupent d'apprendre à mieux communiquer.

* Intra-Vision, 9 bis, rue Edeline, 92210 Saint-Cloud.

Pour approfondir, pour aller plus loin ou plus près, quelques lectures possibles.

Jacques Salomé

Aux Éditions Albin Michel

- *Bonjour Tendresse*
- *T'es toi quand tu parles.*
- *Contes à guérir et à grandir*
- *Papa Maman écoutez-moi vraiment*
- *L'enfant Bouddha*
  Illustrations de Cosey
- *Je m'appelle toi*
- *Le Tarot relationnel*
- *Paroles d'amour*

A paraître :

- *Charte de la vie relationnelle à l'école*

Chez d'autres éditeurs

- *Apprivoiser la tendresse*
Ed. Jouvence.

- *Parle-moi j'ai des choses à te dire*
Ed. de l'Homme.

- *Relation d'aide et formation à l'entretien*
Presses universitaires de Lille.

- *Jamais seuls ensemble*
Ed. de l'Homme.

- *Aux saisons de nos vies le temps n'a pas d'âge*
Ed. Le Regard Fertile.

Sylvie Galland et Jacques Salomé

- *Si je m'écoutais je m'entendrais*
Ed. de l'Homme.

- *Les mémoires de l'oubli*
Ed. Jouvence.

- *Aimer et se le dire*
Ed. de l'Homme.

La composition de ce livre
a été effectuée par Charente Photogravure à Angoulême,
l'impression a été effectuée
par l'imprimerie Pollina à Luçon,
la reliure par la SIRC
à Marigny le Châtel
pour les Éditions Albin Michel.

Achevé d'imprimer en septembre 1995
N° d'édition : 15015. N° d'impression : 68424
Dépôt légal : octobre 1995.